AF355688

Y₂

2210

C. P. Cochin del. 1770.
R. De Launay Junior Sc.

LES AMOURS

DE LÉANDRE ET DE HÉRO:

POËME

DE MUSÉE LE GRAMMAIRIEN;

TRADUIT

du grec en françois, avec le texte.

par De la Porte du Theil

A PARIS,

Chez NYON LE JEUNE, Place des Quatre Nations.

M. DCC. LXXXIV.

AVERTISSEMENT DU LIBRAIRE.

La traduction du poëme grec de Musée que nous présentons au Public, est l'ouvrage d'un Homme de Lettres, qui s'est exercé plus d'une fois dans ce genre de travail.

En 1775, M. du Theil, de l'Académie royale des Inscriptions et Belles-Lettres, s'étoit proposé de publier la traduction, qu'il avoit faite, il y avoit déja long-temps, de plusieurs morceaux de littérature grecque et latine. Cette espèce de mélange devoit contenir :

1°. Tout ce qui a été composé de plus intéressant, soit en grec, soit en latin, sur le sujet, si célébré, des Amours de Léandre et de Héro : comme le poëme de Musée; plusieurs petites pieces de l'Anthologie; les Epîtres amoureuses, qu'Ovide a mises sous le nom de ces deux Amans, parmi ses héroïdes ; et le poëme moderne de Gaspar Barthius :

2°. L'épisode de Nicée, tiré du XVIe Chant du poëme grec de NONNUS, intitulé les *Dionysiaques* :

3°. Quelques-unes des pieces détachées que MAITTAIRE a réunies sous le titre de *Miscellanea*, en un volume in-4. imprimé à Londres, chez Bowier en 1722 :

4°. Les lettres amoureuses d'ALCIPHRON, sous le nom de *Ménandre* et de *Glycere* ; & quelques lettres d'ARISTÆNÈTE :

5°. Les principaux fragments qui nous restent des Comédies de MÉNANDRE et de PHILÆMON.

Ce recueil, par la variété des pieces, la plupart peu connues, qui devoient y être rassemblées, pouvoit présenter quelque chose de piquant, & auroit formé un volume assez considérable, d'autant que, par-tout, le texte devoit accompagner la traduction. Cette méthode, qui garantit en quelque sorte la fidélité d'une version, tient en effet aux principes que M. Du Theil paroît avoir adoptés sur la maniere dont il faut traduire les anciens. Dans tout ce que cet Académicien a publié jusqu'à cette heure, en ce genre de littérature, on peut appercevoir assez aisément, qu'il n'a pas moins cherché à faciliter l'intelligence du texte aux Amateurs du grec, qu'à faire connoître, autant qu'il est possible, à ceux qui ne peuvent pas l'étudier, et le génie de la langue grecque en général, et la maniere de chaque auteur (*a*) en particulier:

(*a*) Voyez les traductions que M. DU THEIL a publiées en différents temps, des *Choëphores*, tragédie d'Æschyle; du Traité de Plutarque sur la *Maniere de discerner un Flatteur d'avec un Ami;* du *Banquet des sept Sages*, & des *Avis à de nouveaux Mariés*, du même Auteur; des *Fragments* de différents Auteurs, insérés dans les *Recherches sur les Parasites & les Flatteurs* & dans les *notes* sur le *Banquet des sept Sages;* des *Hymnes*, *Epigrammes* et *Fragments de Callimaque*.

objet, que se proposent, sans doute, tous les traducteurs, mais que tous n'ont pas le courage de suivre constamment, parce-qu'il semble exiger une exactitude presque scrupuleuse, et, parconséquent, quelque-fois, le sacrifice d'une sorte d'élégance et de facilité propres à séduire les lecteurs.

Dès le commencement de l'année 1776, la traduction, ainsi que le texte du poëme de MUSÉE, et l'estampe gravée par M. de Launay, d'après le dessin de M. Cochin, destinée à orner ce morceau, étoient, ce qu'on appelle en terme d'imprimerie, *tirés en épreuves*, lorsque M. du Theil cessa de pouvoir veiller à l'édition du reste du recueil. A cette époque, il partit pour Rome, où les Ministres du Roi l'ont retenu plus de sept ans, occupé à des recherches littéraires relatives à l'histoire de France, qui, par l'importance de l'objet, encore plus que par la différence du genre, l'ont absolument détourné du travail qu'il avoit

laissé entamé ; et l'impression commencée
avant son départ n'a point été continuée
pendant son absence.

A son retour, nous aurions desiré qu'il
eût repris son projet ; mais M. du Theil,
voué désormais à des études plus graves et
plus sérieuses, n'a ni pu, ni voulu consa-
crer le temps du séjour passager qu'il comp-
te faire ici, à des soins qui présentement
lui sont devenus comme étrangers. Il ne
s'est même déterminé à nous laisser publier ce qui étoit déja prêt depuis huit ans,
qu'afin de ne point frustrer les amateurs
de la langue grecque, d'une édition nouvelle, portative et très correcte, d'un auteur
fait pour toujours plaire dans sa langue
originale. Sur-tout il nous a imposé l'o-
bligation de protester en son nom, qu'en
laissant paroître ainsi isolée cette traduction du poëme de MUSÉE, loin d'être per-
suadé qu'elle est supérieure à celle que
M. Moutonnet de Clairfons a fait impri-

mer, d'abord in-8 en 1774, et depuis in-12 en 1779, il applaudit sincèrement au travail de ce traducteur, et ne réclame, tout au plus, que le foible mérite de l'avoir originairement devancé. Dès l'année 1771, la traduction que nous publions aujourd'hui, (manuscrite, il est vrai, mais telle qu'elle paroît présentement, et avec l'avant-propos qui est à la tête,) avoit été lue dans une assemblée particuliere de l'Académie des Inscriptions et Belles-Lettres.

On trouvera à la fin, avec les renvois nécessaires, les endroits du poëme de *Mélidore* et *Phrosine*, de feu M. BERNARD, où ce charmant auteur paroît avoir emprunté, mais presque toujours pour les embellir, quelques traits du poëme grec. Ce rapprochement ne peut manquer d'intéresser les lecteurs.

Pour le texte grec, on a suivi fidèlement l'édition in-8. donnée à Leyde en 1737, par Mathias RÖVER, chez Théodore Haak.

AVANT-PROPOS
DU TRADUCTEUR

Lu dans une Assemblée particuliere de l'Académie des Inscriptions et Belles-Lettres en 1771.

APRÈS tout ce que les Critiques ont dit sur l'Auteur du Poëme grec des AMOURS DE LÉANDRE ET DE HÉRO, il seroit inutile de faire de nouvelles recherches à ce sujet.

Le sentiment de Jules Scaliger, qui confondoit le Poëte à qui nous devons cet ouvrage, avec l'ancien Musée, Athénien, fils ou petit-fils d'Eumolpe; celui même d'Alde-Manuce et de Guillaume Cantère, qui se bornent à le croire plus ancien qu'Ovide, ont été trop bien réfutés par Joseph Scaliger, Casaubon, Ménage, Barthius, &c. pour qu'il soit encore douteux, que cet auteur ait vécu dans des temps beaucoup plus modernes.

Les efforts de ces derniers Commentateurs n'ont pu réussir, il est vrai, à fixer exactement l'époque de sa naissance; mais ils ont du moins établi, d'une maniere presque incontestable, qu'il n'est pas antérieur à Nonnus de Panopolis, qui vivoit dans le quatrième fiecle de l'Ere Chrétienne. Cette opinion paroît avoir été généralement adoptée dans l'Académie, et particulièrement par MM. Boivin, Mahudel & de la Nauze.

Il seroit également superflu de rassembler les différents éloges, que les Savants ont faits si souvent de l'ouvrage dont il eft question. Si le temps où l'Auteur a vécu étoit celui du mauvais goût; si les Poëtes ses contemporains paroissent également destitués de force et d'élégance; si lui-même s'éloigne quelquefois de l'aimable simplicité des premiers modèles; enfin, s'il a quelques-uns des défauts de son siecle; il faut convenir auffi, qu'on trouve chez lui des traits dignes des beaux jours de la Gréce, et qui doivent faire regretter, qu'il ne nous ait pas laissé des productions plus étendues.

Tel est le jugement qu'en ont porté la plupart des Amateurs de la poésie grecque, et que M. de la Nauze a parfaitement discuté, dans un des mémoires dont il a enrichi le Recueil de l'Acdaémie.

Après avoir tâché d'établir la vérité historique des Amours de Léandre et de Héro , par des raisonnemens et des probabilités, que M. Mahudel, qui mettoit cette aventure au nombre des fables, n'a peut-être pas complétement détruits, M. de la Nauze a fait le parallèle du poëme de Musée, avec les deux épîtres latines qu'Ovide, (ou Sabinus, s'il en faut croire Jules Scaliger) a mises sous le nom de ces deux amants; et il a fini, en regrettant que Musée, traduit dans presque toutes les langues vivantes de l'Europe, ne l'ait encore été en françois, que par Clément Marot (1), qui, pour la noblesse et l'éloquence, est bien éloigné de son original. Ce regret de la part d'un homme de goût et d'érudition , m'a fait naître l'idée de travailler à la nouvelle traduction que je présente aujourd'hui à l'Académie. Puissé - je avoir mieux réussi que l'ancien Poëte François !

---

(1) La traduction de M. Moutonnet de Clairfons n'étoit pas connue à cette époque.

EXTRAIT des Registres de l'Académie Royale des Inscriptions et Belles Lettres.

Du Mardi 9 Mars 1784.

M. Dupuis et M. de Vauvilliers, Commissaires nommés par l'Académie pour l'examen d'un Ouvrage de M. de la Porte du Theil, Associé de l'Académie, intitulé : les *Amours de Léandre et de Héro, Poëme de Musée le Grammairien, traduit du grec en françois*, avec le texte, un Avertissement du Libraire, un Avant-Propos du Traducteur, et les Imitations du Poëme de Phrosine et Mélidore de feu M. Bernard, en ont fait leur rapport à l'Académie, et ont dit qu'après avoir examiné cet Ouvrage, ils n'y ont rien trouvé qui dût en empêcher l'impression. En conséquence de ce rapport et de leur approbation par écrit, l'Académie a cédé à M. de la Porte du Theil son droit de Privilege pour l'impression dudit Ouvrage : en foi de quoi nous avons signé le présent Certificat.

A Paris, au Louvre, ce Mardi 9 Mars 1784.

DACIER.

Secrétaire perpétuel de l'Académie.

LES AMOURS

DE LÉANDRE

ET DE HÉRO.

ΜΟΥΣΑΙΟΥ

ΤΟΥ ΓΡΑΜΜΑΤΙΚΟΥ

ΤΑ

ΚΑΘ᾽ ΗΡΩ ΚΑΙ ΛΕΑΝΔΡΟΝ.

Εἰπὲ, Θεὰ, κρυφίων ἐπιμάρτυρα λύχνον ἐρώτων,
Καὶ νύχιον πλωτῆρα θαλασσοπόρων ὑμεναίων,
Καὶ γάμον ἀχλυόεντα, ἢ ὐκ ἴδεν ἄφθιτ☉ Ἠώς·
Καὶ Σηςὸν ἠ Ἄβυδον, ὅπη γάμος ἔννυχ☉ Ἡρῦς.

Νηχόμενόν τε Λέανδρον ὁμῶ ἠ λύχνον ἀκύω,   5
Λύχνον ἀπαγγέλλοντα διακτορίην Ἀφροδίτης,
Ἡρῦς νυκτιγάμοιο γαμοςόλον ἀγγελιώτην·
Λύχνον, ἐρωτ☉ ἄγαλμα· τὸν ὤφελεν αἰθέρι☉ Ζεὺς
Ἐννύχιον μετ᾽ ἄεθλον ἄγειν ἐς ὁμήγυριν ἄςρων,

POÊME

DE MUSÉE LE GRAMMAIRIEN,

SUR LES AMOURS

DE LÉANDRE ET DE HÉRO.

Muse, chante ce flambeau, confident des larcins de l'Amour ; & ce nageur nocturne, que l'Hymen attendoit au-delà des mers : chante cesplaisirs clandestins, que jamais l'immortelle Aurore n'éclaira : chante Abyde; & Seste, où les noces de Héro n'eurent de témoin que la nuit.

J'entends nager Léandre, et pétiller ce flambeau, étendard de l'Amour, messager de Vénus, ordonnateur des noces furtives de Héro; flambeau, qu'après cet office nocturne Jupiter auroit dû placer dans la voûte étoilée, sous le nom d'Astre pro-

pice aux amours, puisqu'il fut le complice d'une tendre fureur, puisqu'il annonça fidèlement les ordres
d'une amante inquiéte, jusqu'au moment où s'éleva
le souffle impétueux d'un vent ennemi. Viens donc,
ô Muse, et déplore avec moi le sort, qui, d'un seul
coup, éteignit ce fanal, et perdit Léandre.

Aux bords de la mer, en face et proche l'une
de l'autre, sont les villes de Seste & d'Abyde. C'est
là qu'Amour, tendant son arc, d'un seul trait
lancé sur les deux cités, blessa un jeune homme et
une jeune Beauté. Le charmant Léandre, la tendre
Héro; c'étoit leur nom : tous deux pareils, tous
deux astres brillants de leur ville; l'une demeuroit
à Seste, l'autre habitoit dans Abyde. Passant, qui
que tu sois, cherche la tour d'où la jeune Héro,
le fanal à la main, guidoit son Amant; cherche le
détroit retentissant de l'antique Abyde, où l'onde
murmure encore du destin de Léandre. Mais,
comment Léandre, fixé dans Abyde, brûla-t-il

Καί μιν ἐπικλήσαι νυμφοςόλον ἄςρον ἐρώτων,　　10
Ὅτ[η] πέλεν συνέριθ[ω] ἐρωμανέων ὀδυνάων,
Ἀγγελίην τ' ἐφύλαξεν ἀκοιμήτων ὑμεναίων,
Πεὶν χαλεπὸν πνοιῇσιν ἀήμεναι ἐχθρὸν ἀήτην.
Ἀλλ' ἄγε, μοι μέλπ[ον]τι μίαν ξυνάειδε τελευτὴν
Λύχνε σβεννυμένοιο, κ[αὶ] ὀλλυμένοιο Λεάνδρε.　　15
　Σηςὸς ἔην κ[αὶ] Ἄβυδ[ω] ἐναντίον· ἐγγύθι πόντε
Γείτονές εἰσι πόληες· Ἔρως δ', ἀνὰ τόξα τιταίνων,
Ἀμφοτέρης πολίεσσιν ἕνα ξυνέηκεν ὀϊσὸν,
Ἠΐθεον φλέξας κ[αὶ] παρθένον· ὄνομα δ' αὐτῶν
Ἱμερόεις τε Λέανδρ[ω] ἔην, κ[αὶ] παρθένος Ἡρώ.　　20
Ἡ μὲν Σηςὸν ἔναιεν, ὁ δ[ὲ] πτολίεθρον Ἀβύδου,
Ἀμφοτέρων πολίων περικαλλέες ἀςέρες ἄμφω·
Ἴκελοι ἀλλήλοισι. Σὺ δ', εἴποτε κεῖθι περήσεις,
Δίζεό μοι τινὰ πύργον, ὅπη ποτὲ Σηςιὰς Ἡρὼ
Ἵςατο λύχνον ἔχουσα, κ[αὶ] ἡγεμόνευε Λεάνδρῳ·　　25
Δίζεο δ' ἀρχαίης ἁλιηχέα πορθμὸν Ἀβύδου,
Εἰσέτι που κλαίοντα μόρον κ[αὶ] ἔρωτα Λεάνδρου.
Ἀλλὰ πόθεν Λείανδρος, Ἀβυδόθι δώματα ναίων,

Ἡρῶς ἐς πόθεν ἦλθε, πόθῳ δ' ἐνέδησε κ̓ αὐτήν;

   Ἡρὼ μὲν χαρίεσσα, διοτρεφὲς αἷμα λαχῦσα,   30
Κύπριδὸς ἦν ἱέρεια· γάμων δ' ἀδίδακτος ἐῦσα,
Πύργον ἄπο προγόνων παρὰ γείτονι ναῖε θαλάσσῃ,
Ἄλλη Κύπρις ἄνασσα. Σαοφροσύνῃ ἢ κ̓ αἰδοῖ
Οὐδέποτ' ἀγρομένῃσι μεθωμίλησε γυναιξὶν,
Οὐδὲ χορὸν χαρίεντα μετήλυθεν ἡλικ⌒ ἥβης,   35
Μῶμον ἀλευομένη ζηλήμονα θηλυτεράων·
Καὶ γὰρ ἐπ' ἀγλαίῃ ζηλήμονές εἰσι γυναῖκες.
Ἀλλ' αἰεὶ Κυθέρειαν ἱλασκομένη Ἀφροδίτην
Πολλάκι κ̓ τὸν Ἔρωτα παρηγορέεσκε θυηλαῖς,
Μητρὶ σὺν ὑρανίῃ φλογερὴν τρομέῦσα φαρέτρην.   40
Ἀλλ' ὐδ' ὣς ἀλέεινε πυριπνείοντας ὀϊστύς.

   Δὴ γὰρ Κυπριδίη πανδήμι⌒ ἦλθεν ἑορτὴ,
Τὴν ἀνὰ Σηςὸν ἄγουσιν Ἀδώνιδι κ̓ Κυθερείῃ.
Πανσυδίῃ δ' ἔσπευδον ἐς ἱερὸν ἦμαρ ἱκέσθαι
Ὅσσοι ναετάεσκον ἁλιστεφέων σφυρὰ νήσων.   45
Οἱ μὲν ἀρ' Αἱμονίης, οἱ δ' εἰναλίης ὑπὸ Κύπρυ.
Οὐδὲ γυνή τις ἔμιμνεν ἐνὶ πτολίεσσι Κυθήρων·

pour Héro ? comment l'enflamma-t-il à son tour ?

Issue du sang des Dieux, la charmante Héro ser-
voit de Prêtresse à Cypris. Nouvelle Cypris, mais
ignorant les plaisirs de l'Hymen, elle habitoit, loin
de ses parents, une tour voisine de la mer. Sage et
modeste, jamais on ne l'avoit vu se mêler avec les
femmes assemblées, ni danser avec les compagnes
de son âge ; elle vouloit éviter les propos malins d'un
sexe jaloux : car toujours les femmes ont jalousé la
beauté. Craignant Vénus & le carquois brûlant de
son fils, sans cesse elle prioit la Déesse, et souvent,
par des dons, tâchoit de désarmer l'Amour ; hélas !
elle n'échappa point à ses traits enflammés.

Bientôt revint le jour où l'on célébre dans Seste
Adonis & Vénus ; jour solemnel, où les étrangers
accourent dans cette ville de toutes parts, des isles
que la mer couronne, des côtes de l'Hæmonie, et
des rivages de Cypre. Les femmes alors défertent
Cythére, et les monts odorants de la Syrie ne voient

plus de jeunes filles danser sur leur cime. Nul des habitants des lieux d'alentour, de la Phrygie, d'Abyde sur-tout; nul jeune homme sensible à l'amour, ne manque à cette fête; et, sitôt que le retour en est annoncé, tous arrivent dans Seste, moins empressés de sacrifier aux Dieux, que de voir les jeunes Beautés qu'attire ce grand jour.

Déja l'aimable Héro s'avance dans le temple; de son charmant visage part l'éclair de la beauté; c'est l'astre argenté de la nuit qui se lève. Pareille au bouton nuancé de la rose, sa joue d'albâtre se colore d'un tendre incarnat. Au travers de la gaze blanche qui la couvre, sa peau vermeille paroît un champ de roses nouvelles : elle marche; et sous ses pas il semble que des roses vont éclore. Mille graces brillent sur sa personne. Les Poëtes jadis n'ont compté que trois Graces; quelle erreur! l'œil seul, l'œil riant de Héro petille de cent graces. Certes, ta Prêtresse, ô Cypris, étoit digne de toi.

Ὀυ Λιβάνου θυόεντος ἐνὶ πτερύγεσσι χορεύων,

Ὀυδὲ περικτιόνων τις ἐλείπετο τῆμος ἑορτῆς,

Ὀυ Φρυγίης ναέτης, οὐ γείτονος ἄστος Ἀβύδου,   50

Ὀυδέ τις ἠιθέων φιλοπάρθενος· ἦ γὰρ ἐκεῖνοι

Αἰὲν ὁμαρτήσαντες, ὅπη φάτις ἐστὶν ἑορτῆς,

Ὀυ τόσον Ἀθανάτων ἀγέμεν σπεύδουσι θυηλὰς,

Ὅσον ἀγειρομένων διὰ κάλλεα παρθενικάων.

    Ἡ δὲ θεῆς ἀνὰ νηὸν ἐπῴχετο παρθένος Ἡρὼ,   55

Μαρμαρυγὴν χαρίεντος ἀπαστράπτουσα προσώπου,

Οἷά τε λευκοπάρηος ἐπαντέλλουσα σελήνη.

Ἄκρα δὲ χιονέων φοινίσσετο κύκλα παρειῶν,

Ὡς ῥόδον ἐκ καλύκων διδυμόχροον· ἢ τάχα φαίης

Ἡροῦς ἐν μελέεσσι ῥόδων λειμῶνα φανῆναι,   60

Χροιὴν γὰρ μελέων ἐρυθαίνετο· νισσομένης δὲ

Καὶ ῥόδα λευκοχίτωνος ὑπὸ σφυρὰ λάμπετο κούρης.

Πολλαὶ δ᾽ ἐκ μελέων Χάριτες ῥέον. Οἱ δὲ παλαιοὶ

Τρεῖς Χάριτας ψεύσαντο πεφυκέναι· εἷς δέ τις Ἡροῦς

Ὀφθαλμὸς γελόων ἑκατὸν Χαρίτεσσι τεθήλει.   65

Ἀτρεκέως ἱέρειαν ἐπάξιον εὕρατο Κύπρις.

A v

Ὡς ἡ μὲν, περὶ πολλὸν ἀριστεύσασα γυναικῶν,
Κύπριδ᾽ ἀρήτειρα, νέη διεφαίνετο Κύπρις.
Δύσατο δ᾽ ἠϊθέων ἁπαλὰς φρένας· οὐδέ τις ἀνδρῶν
Ἦεν, ὃς οὐ μενέαινεν ἔχειν ὁμοδέμνιον Ἡρώ.   70
Ἡ δ᾽ ἄρα καλλιθέμεθλον ὅπη κατὰ νηὸν ἀλᾶτο,
Ἑσπόμενον νόον εἶχε, κỳ ὄμματα, κỳ φρένας ἀνδρῶν.
Καί τις ἐν ἠϊθέοισιν ἐθαύμασε, κỳ φάτο μῦθον·
» Καὶ Σπάρτης ἐπέβην, Λακεδαίμονος ἔδρακον ἄςυ,
»Ἧχι μόθον κỳ ἄεθλον ἀκύομεν ἀγλαΐάων·   75
» Τοίην δ᾽ ἔπω ὄπωπα νέην, κεδνήν θ᾽, ἀπαλήντε.
» Καὶ τάχα Κύπρις ἔχει χαρίτων μίαν ὁπλοτεράων.
» Παπταίνων ἐμόγησα, κόρον δ᾽ ὐχ εὗρον ὀπωπῆς.
» Ἀυτίκα τεθναίην λεχέων ἐπιβήμενος Ἡρῦς·
» Οὐκ ἂν ἐγὼ κατ᾽ Ὄλυμπον ἐφιμείρω θεὸς εἶναι,   80
» Ἡμετέρην παράκοιτιν ἔχων ἐνὶ δώμασιν Ἡρώ.
» Εἰ δέ μοι ὐκ ἐπέοικε τὴν ἱέρειαν ἀφάσσειν,
» Τοίην μοι, Κυθέρεια, νέην παράκοιτιν ὀπάσσαις.
Τοῖα μὲν ἠϊθέων τις ἐφώνεεν· ἄλλοθεν ἄλλος
Ἕλκος ὑποκλέπτων ἐπεμήνατο κάλλεϊ κύρης.   85

Telle, effaçant toutes les belles, la Prêtresse de Vénus parut elle-même une autre Vénus. De jeunes & tendres cœurs en furent bientôt épris, & tous brûlent déja d'obtenir ses faveurs. A chaque pas qu'elle fait dans ce temple superbe, les yeux, les esprits, les cœurs volent après elle. L'un cede à son ravissement, et s'écrie : « J'ai vu la ville de « Lacédæmon, Sparte, où se dispute le prix de la » beauté, mais je ne vis jamais tant de majesté, « de fraîcheur et d'appas. Déesse de Cythere, ne « seroit-ce point la plus jeune de tes Graces ? Je « la fixe et fatigue mes yeux, sans me rassasier de la « voir. Puissé-je la posséder un instant, et mourir « aussitôt ! Qu'elle partage ma demeure et ma cou- « che, et je n'envie rien à l'Olympe. Ou, si c'est « trop de prétendre à ta Prêtresse, donne-moi donc, « ô Cypris, une épouse qui lui ressemble ». Ainsi, disoit l'un, tandis qu'un autre, non moins épris de tant d'attraits, cachoit avec soin sa blessure.

A vj

Pour toi, malheureux Léandre, à peine as-
tu vu cette fatale beauté, soudain un trait brûlant t'a percé. Tu ne languiras point par un secret
martyre, il te faut mourir ou posséder Héro.
Le feu du desir s'allume chez toi aux étincelles de
ses regards, ton cœur s'embrase, une flamme in-
extinguible le dévore. Car le trait que lance une
beauté parfaite, est plus rapide que la flèche ai-
lée; il frappe l'œil, de l'œil il pénetre et s'enfonce
dans le cœur.

L'étonnement, la crainte, la honte et l'audace
s'emparent de lui tour à tour. Tant de beauté l'é-
tonne; la crainte fait palpiter son cœur; la honte
le retient; mais l'audace se soutient par l'amour,
la honte est vaincue. D'un pas tranquille il s'avance en face de la Prétresse, et jette sur elle un coûp-
d'œil flatteur, expression muette qu'entendit trop
bien un jeune cœur. Héro comprend le desir du
séducteur, et s'applaudit de ses charmes; elle sou-

Αἰνοπαθὲς Λείανδρε, σὺ δ', ὡς ἴδες εὐκλέα κόρην,
Οὐκ ἔθελες κρυφίοισι κατατρύχειν φρένα κέντροις·
Ἀλλὰ, πυρπνεύςοισι δαμεὶς ἀδόκητον ὀϊςοῖς,
Οὐκ ἔθελες ζώειν περικαλλέ۰ ἄμμορ۰ Ἡροῦς.
Σὺν βλεφάρων δ' ἀκτῖσιν ἀέξετο πυρσὸς ἐρώτων,   90
Καὶ κραδίη πάφλαζεν ἀνικήτε πυρὸς ὁρμῇ.
Κάλλ۰ γὰρ περίπυςον ἀμωμήτοιο γυναικὸς
Ὀξύτερον μερόπεσσι πέλει πλερόεντ۰ ὀϊςε·
Ὀφθαλμὸς δ' ὁδός ἐςιν· ἀπ' ὀφθαλμοῖο βολάων
Ἕλκ۰ ὀλισθαίνει, καὶ ἐπὶ φρένας ἀνδρὸς ὀδεύει.   95
    Εἷλε δέ μιν τότε θάμβ۰, ἀναιδείη, τρόμος, αἰδώς.
Ἔτρεμε μὲν κραδίη, αἰδὼς δέ μιν εἷχεν ἁλῶναι.
Θάμβεε δ' εἶδ۰ ἄριςον· ἔρως δ' ἀπενόσφισεν αἰδώ.
Θαρσαλέως δ' ὑπ' ἔρωτ۰ ἀναιδείην ἀγαπάζων,
Ἠρέμα ποσσὶν ἔβαινε, καὶ ἀντίον ἵςατο κούρης.   100
Λοξὰ δ' ὀπιπτεύων δολερὰς ἐλέλιξεν ὀπωπὰς,
Νεύμασιν ἀφθόγγοισι παραπλάζων φρένα κούρης.
Αὐτὴ δ', ὡς ξυνέηκε πόθον δολόεντα Λεάνδρε,
Χαῖρεν ἐπ' ἀγλαΐῃσιν· ἐν ἡσυχίῃ ۰ καὶ αὐτὴ

Πολλάκις ἱμερόεσσαν ἑὴν ἀπέκρυψεν ὀπωπὴν,   105
Νεύματι λαθριδίοισιν ὑπαγγελέουσα Λεάνδρῳ,
Καὶ πάλιν ἀντέκλινεν. Ὁ δ' ἔνδοθι θυμὸν ἰάνθη,
Ὅττι πόθον ξυνέηκε, καὶ οὐκ ἀπεσείσατο, κούρη.

Ὄφρα μὲν οὖν Λείανδρος ἐδίζετο λάθριον ὥρην,
Φέγγος ἀνασείλασα κατήϊεν ἐς δύσιν Ἠώς,   110
Ἐκ περάτης δ' ἀνέβαινε βαθύσκιος Ἕσπερος ἀστήρ.
Αὐτὰρ ὁ θαρσαλέως μετεκίαθεν ἐγγύθι κούρης,
Ὡς ἴδε κυανόπεπλον ἐπιθρώσκουσαν ὀμίχλην·
Ἠρέμα μὲν θλίβων ῥοδοειδέα δάκτυλα κούρης,
Βυσσόθεν ἐστονάχιζεν ἀθέσφατον· ἡ δὲ σιωπῇ,   115
Οἷά τε χωομένη, ῥοδέην ἐξέσπασε χεῖρα.
Ὡς δ' ἐρατῆς ἐνόησε χαλίφρονα νεύματα κούρης,
Θαρσαλέως παλάμῃ πολυδαίδαλον ἕλκε χιτῶνα,
Ἔσχατα τιμήεντος ἄγων ἐπὶ κεύθεα νηοῦ.
Ὀκναλέοις δὲ πόδεσσιν ἐπέσπετο παρθένος Ἡρώ,   120
Οἷάπερ οὐκ ἐθέλουσα, τοίην δ' ἀνενείκατο φωνὴν,
Θηλυτέρῃς ἐπέεσσιν ἀπειλείουσα Λεάνδρῳ·

»Ξεῖνε, τί μαργαίνεις; τί με, δύσμορε, παρθένον ἕλκεις;

leve souvent le voile qui couvre ses appas, et répond à Léandre par des regards furtifs qu'elle détourne aussitôt. Il triomphe : la belle a connu son amour, et ne l'a pas dédaigné.

Tandis qu'il épie l'instant de l'aborder sans témoin, le soleil vers les portes du couchant entraîne enfin la lumiere, & l'astre du soir amene l'ombre épaisse qui le suit. Dès que la nuit a déployé son voile ténébreux, devenu plus hardi, il s'approche de Héro, et pressant amoureusement ses doigts de roses, ne s'explique encore que par un soupir. Héro ne dit rien, et d'un air courroucé retire sa belle main. Il laisse calmer ce premier mouvement de colere ; mais bientôt, plus téméraire encore, Il la saisit par son précieux manteau, et l'entraîne au fond du sanctuaire. La timide Prétresse le suit lentement, comme à regret ; et, du ton menaçant ordinaire à son sexe :

« Etranger, quelle est ton audace ! malheureux,

« où veux-tu m'entraîner? sors de ces lieux, laisse-
« moi; redoute la vengeance d'une famille puissan-
« te ; oses-tu donc attenter à la Prêtresse de Vénus ;
« oses-tu porter la main sur une vierge » ?

Telles étoient ses menaces, langage accoutumé des jeunes filles. Mais son courroux annonçoit
sa défaite ; car, dès qu'une femme menace un
amant, le triomphe de Vénus est prochain. Léandre le sait; il se livre aux transports du desir, et cou-
vrant de baisers son cou d'albâtre : « O ma seconde
« Vénus, lui dit-il, ô ma seconde Minerve, car tu
« n'es pas une mortelle, mais une fille du dieu de
« l'Olympe ; heureux celui qui t'a donné l'être,
« heureuse celle qui t'a mise au jour, trois fois heu-
« reux le sein qui t'a porté ! Ecoute ma priere;
« prends pitié d'un amant vaincu par tes charmes.
« Prêtresse de Vénus, viens t'initier aux amoureux
« mysteres de ta Déesse. Est-ce aux Vierges à servir
« Cypris ? Non, les Vierges ne plaisent point à Cy-

» Ἄλλην δεῦρο κέλευθον· ἐμὸν δ' ἀπόλειπε χιτῶνα.

» Μῆνιν ἐμῶν ἀπόλειπε πολυκτεάνων γενετήρων.   125

» Κύπριδ⊙ ὅ σοι ἔοικε θεῆς ἱέρειαν ἀράσσειν·

» Παρθενικῇ; ἐπὶ λέκτρον ἀμήχανόν ἐσιν ἱκέσθαι.

   Τοῖα μὲν ἠπείλησεν, ἐοικότα παρθενικῇσιν.

Θήλειής ἢ Λέανδρ⊙ ἐπεὶ κλύεν οἶστρον ἀπειλῆς,

Ἔγνω πειθομένων σημήϊα παρθενικάων.   130

" Καὶ γὰρ ὅτ' ἠϊθέοισιν ἀπειλείωσι γυναῖκες,

Κυπριδίων ὀάρων αὐτάγγελοί εἰσιν ἀπειλαί.

Παρθενικῆς δ' εὔοδμον εὔχροον αὐχένα κύσας

Τοῖον μῦθον ἔειπε, πόθῳ βεβολημέν⊙ οἴστρῳ·

» Κύπρι φίλη μετὰ Κύπριν, Ἀθηναίη μετ' Ἀθήνην,   135

» Οὐ γὰρ ἐπιχθονίῃσιν ἴσην καλέω σε γυναιξὶν,

» Ἀλλά σε θυγατέρεσσι Διὸς Κρονίων⊙ εἴσκω·

» Ὄλβιος, ὅς σ' ἐφύτευσε, κ̀ ὀλβίη, ἡ τέκε, μήτηρ,

» Γαςὴρ, ἥ σ' ἐλόχευσε, μακαρτάτη. Ἀλλὰ λιτάων

» Ἡμετέρων ἐπάκουε, πόθου δ' οἴκτειρον ἀνάγκην.   140

» Κύπριδ⊙ ὡς ἱέρεια, μετέρχεο Κύπριδ⊙ ἔργα.

» Δεῦρ' ἴθι, μυστιπόλευε γαμήλια θεσμὰ θεαίνης.

» Παρθένον οὐκ ἐπέοικεν ὑποδρήσσειν Ἀφροδίτῃ,

» Παρθενικαῖς οὐ Κύπρις ἰαίνεται. Ἢν δ' ἐθελήσῃς

» Θεσμὰ θεῆς ἐρόεντα, κỳ ὄργια πιςὰ δαῆναι,   145

» Ἔςι γάμος κỳ λέκτρα. Σὺ δ', εἰ φιλέεις Κυθέρειαν,

» Θελξινόων ἀγάπαζε μελίφρονα θεσμὸν ἐρώτων.

» Σὸν δ' ἱκέτην με κόμιζε, κỳ, ἢν ἐθέλῃς, παρακοίτην,

» Τόν σοι Ἔρως ἤγρευσεν ἑοῖς βελέεσι κιχήσας·

» Ὡς θρασὺν Ἡρακλῆα θεὸς χρυσόῤῥαπις Ἑρμῆς   150

» Θητεύειν ἐκόμιζεν Ἰαρδανίην ποτὶ νύμφην.

» Σοὶ δέ με Κύπρις ἔπεμψε, κỳ οὐ σοφὸς ἤγαγεν Ἑρμῆς.

» Παρθέν☉ δ' ὅ σε λέληθεν ἀπ' Ἀρκαδίης Ἀταλάντη·

» Ἡ ποτε Μειλανίωνος ἐρασαμένου φύγεν εὐνὴν,

» Παρθενίης ἀλέγουσα· χολωσαμένης δ' Ἀφροδίτης, 155

» Τὸν πάρος οὐκ ἐπόθησεν, ἐνὶ κραδίῃ θέτο πάσῃ.

» Πείθεο κỳ σύ, φίλη, μὴ Κύπριδι μῆνιν ἐγείρῃς.

Ὡς εἰπὼν, παρέπεισεν ἀναινομένης φρένα κούρης,

Θυμὸν ἐρωτοτόκοισι παραπλάγξας ἐνὶ μύθοις.

Παρθενικὴ δ' ἄφθογγος ἐπὶ χθόνα πῆξεν ὀπωπὴν, 160

Αἰδοῖ ἐρυθιόωσαν ὑποκλέπτουσα παρειήν·

« pris. Veux-tu connoître ses fêtes aimables et ses
« orgies, l'Hymen et le lit nuptial te les appren-
« dront. Tu chéris Vénus, reconnois donc aussi le
« doux empire des charmants amours. Reçois ton
« suppliant, ou, si tu veux, ton époux ; victime que
« l'Amour t'amène percée de ses traits Ainsi le dieu
« léger qui porte un caducée d'or, engagea l'au-
« dacieux Hercule dans les fers de la fille d'Iardan.
« Pour moi, ce n'est point l'éloquent Hermès,
« c'est Vénus qui me conduit à tes pieds. Songe à
« la Nymphe d'Arcadie, la superbe Atalante. Fiere
« de sa virginité, elle dédaignoit la couche de l'a-
« moureux Mélanion; Vénus s'en offensa, et bientôt
« Atalante languit pour celui qu'elle avoit méprisé.
« Obéis, chere Héro, crains Vénus et sa haine ».

Il dit : et par ces mots qui respiroient l'amour,
il séduisit bientôt cette Beauté d'abord si farouche.

Héro interdite, les yeux fixés vers la terre, rou-
git, couvre son visage de son voile, fait quelques pas

incertains, et, d'un air modeste, ramène souvent
son manteau sur ses épaules : signes certains de sa
défaite ; car le silence et l'embarras sont l'aveu des
belles qui se rendent.

Déja le trait cruel et doux a porté ; une flamme rapide s'est glissée dans son cœur ; et les graces
de son amant la ravissent.

Tandis qu'elle tient ses regards baissés, Léandre, d'un œil égaré par l'amour, parcourt avide-
ment tous ses charmes. Enfin d'une voix timide ,
et laissant échapper des larmes qu'arrachoit la pudeur, elle lui répond :

« Etranger, quel marbre n'amolliroient point tes
« discours ? Qui t'a donc appris cet art séducteur ?
« Hélas ! Qui t'a conduit dans ma patrie ? Mais tu
« parles en vain. Quoi donc ! étranger, errant, in-
« connu, tu prétends à mes faveurs ! Nous ne pou-
« vons former un hymen légitime ; jamais il n'au-
« roit l'aveu de mon pere. Voyageur, si tu prolonges

Καὶ χθονὸς ἔξεεν ἄκρον ὑπ' ἴχνεσιν, αἰδομένη δὲ

Πολλάκις ἀμφ' ὤμοισιν ἐὸν ξυνέεργε χιτῶνα.

Πειθοῦς γὰρ τάδε πάντα προάγγελα· παρθενικῆς δὲ

Πειθομένης ποτὶ λέκτρον ὑπόσχεσίς ἐστι σιωπή.   165

  Ἤδη κ̣ γλυκύπικρον ἐδέξατο κέντρον ἐρώτων,

Θέρμετο δὲ κραδίην γλυκερῷ πυρὶ παρθέν Ἡρώ,

Κάλλεϊ δ' ἱμερόεντ ἀνεπτοίητο Λεάνδρȣ.

  Ὄφρα μὲν ȣν ποτὶ γαῖαν ἔχεν νεύουσαν ὀπωπὴν,

Τόφρα ἠ κ̣ Λείανδρ ἐρωμανέεσσι πρισώποις   170

Οὐ κάμεν εἰσορόων ἀπαλόχροον αὐχένα κούρης.

Ὀψὲ ἠ Λειάνδρῳ γλυκερὴν ἀνενείκατο φωνὴν,

Αἰδȣς ὑγρὸν ἔρευθ ἀποστάζȣσα προσώπȣ ·

  » Ξεῖνε, τεοῖς ἐπέεσσι τάχ' ἂν κ̣ πέτρον ὀρίναις.

» Τίς σε πολυπλανέων ἐπέων ἐδίδαξε κελεύθȣς;   175

» Οἴ μοι. τίς σ' ἐκόμισσεν ἐμὴν ἐς πατρίδα γαῖαν;

» Ταῦτα δὲ πάντα μάτην ἐφθέγξαο. Πῶς γὰρ ἀλήτης

» Ξεῖν ἐὼν, κ̣ ἄπυστ, ἐμῇ φιλότητι μιγείης;

» Ἀμφαδὸν οὐ δυνάμεσθα γάμοις ὁσίοισι πελάσσαι·

» Οὐ γὰρ ἐμοῖς τοκέεσσιν ἐπεύαδεν· ἢν δ' ἐθελήσῃς   180

» Ὡς ξεῖνος πολύῤοιτος ἐμὴν ἐς πατρίδα μίμνειν,

» Οὐ δύναται σκοτόεσσαν ὑποκλέπτειν ἀφροδίτην·

» Γλῶσσα γὰρ ἀνθρώπων φιλοκέρτομος· ἐν ᾗ σιωπῇ

» Ἔργον, ὅπερ τελέει τις, ἐνὶ τριόδοισιν ἀκούει.

» Εἰπὲ δὲ, μὴ κρύψῃς, τεὸν οὔνομα, καὶ σέο πάτρην·   185

» Οὐ γὰρ ἐμόν σε λέληθεν· ἐμοὶ δ᾽ ὄνομα κλυτὸν Ἡρώ.

» Πύργος δ᾽ ἀμφιβόητος ἐμὸς δόμος οὐρανομήκης,

» Ὧι ἔτι ναιετάουσα σὺν ἀμφιπόλῳ τινὶ μούνῃ

» Σηστιάδος πρὸ πόληος ὑπὲρ βαθυκύμονας ὄχθας

» Γείτονα πόντον ἔχω, στυγεραῖς βουλῇσι τοκήων.   190

» Οὐδέ μοι ἐγγὺς ἔασιν ὁμήλικες, οὐδὲ χορεῖαι

» Ἠιθέων πάρεασιν· ἀεὶ δ᾽, ἀνὰ νύκτα καὶ Ἠῶ,

» Ἐξ ἁλὸς ἠνεμόφωνος ἐπιβρέμει ἄασιν ἠχή.

Ὣς φαμένη ῥοδέην ὑπὸ φάρεϊ κρύπτε παρειὴν,

Ἔμπαλιν αἰδομένη, σφετέροις δ᾽ ἐπεμέμφετο μύθοις. 195

    Λείανδρος δὲ, πόθου βεβολημένος ὀξέϊ κέντρῳ,

Φράζετο, πῶς κεν Ἔρωτος ἀεθλεύσειεν ἀγῶνα.

Ἄνδρα γὰρ αἰολόμητις Ἔρως βελέεσσι δαμάζει,

Καὶ πάλιν ἀνέρος ἕλκος ἀκέσσεται· οἷσι δ᾽ ἀνάσσει

« ici ton séjour, crois-tu dérober à tous les yeux un

« amour clandestin ? Non, les hommes sont trop

« médisants ; et la faute commise dans l'ombre pa-

« roît bientôt au grand jour. Mais, dis, quel est

« ton pays, ton nom ? Tu sais le mien, il n'est que

« trop connu. Une tour fameuse, élevée jusqu'aux

« cieux, est ma demeure ; c'est là qu'avec une seule

« esclave, j'habite devant Seste des rivages escarpés,

« où je n'ai de voisins que la mer : ainsi le veulent

« des parents sévères. Là ne viennent jamais danser

« ni les jeunes hommes, ni les filles de mon âge ;

« mais nuit et jour retentit à mes oreilles le bruit

« d'une onde agitée par les vents ». A ces mots elle

abaisse son voile sur ses joues de roses ; la pudeur re-

prend ses droits, et lui fait accuser sa foiblesse.

Léandre, pressé de l'aiguillon brûlant du desir,

songe à faire triompher l'Amour. Ce Dieu rusé, s'il

nous blesse, guérit aussi nos plaies. Vainqueur irré-

sistible, il éclaire les cœurs dès qu'il les a domtés,

Ainsi lui-même alors inspirant Léandre ; le séducteur, après un long soupir, reprend : « Oui,
« charmante fille, pour toi je traverserai les flots
« courroucés, la mer fût-elle intraitable et bouil-
« lonnante de feux. Si je dois partager ton lit, crain-
« drai-je la tempête ou le bruit retentissant de
« l'onde mugissante ? non, non ; mais chaque nuit,
« porté sur les eaux, ton amant saura passer à la
« nage le rapide Hellespont ; car je demeure dans
« Abyde, proche et vis-à-vis de ta ville. Seule-
« ment du haut de ta tour, voisine des nues, mon-
« tres-moi le soir un fanal : guidé par cet astre, je
« serai le navire de l'Amour. Les yeux fixés sur
« cette étoile, je n'observerai ni le coucher du Bou-
« vier, ni le fier Orion, ni la queue toujours sèche
« de l'Ourse ; et j'aborderai au port desiré de ta
« patrie. Toi, chere amante, prends garde que le
« vent impétueux, éteignant ce flambeau, ce guide
« lumineux de qui mes jours dépendront, ne me fasse

Αυτὸς ὁ πανδαμάτωρ, βουληφόρος ἐϛὶ, ἐροτοῖσιν. 200
Αὐτὸς· κ̀ ποθέοντι τότε χραίσμησε Λεάνδρῳ.
Ὀψὲ δ' ἀλαϛήσας πολυμήχανον ἔννεπε μῦθον·
» Παρθένε, σὸν δι' ἔρωτα κ̀ ἄγριον οἶδμα περήσω,
» Εἰ πυρὶ παφλάζοιτο, κ̀ ἄπλοον ἔσσεται ὕδωρ.
» Οὐ τρομέω βαρὺ χεῦμα τεὴν μετανεύμενος εὐνὴν, 205
» Οὐ βρόμον ἠχήεντα βαρυγδούποιο θαλάσσης.
» Ἀλλ' αἰεὶ κατὰ νύκτα φορεύμενος ὑγρὸς ἀκοίτης
» Νήξομαι Ἑλλήσποντον ἀγάρροον· οὐχ ἕκαθεν γὰρ
» Ἀντία σεῖο πόληος ἔχω πτολίεθρον Ἀβύδου.
» Μοῦνον ἐμοὶ ἕνα λύχνον ἀπ' ἠλιβάτου σέο πύργου 210
» Ἐκ περάτης ἀνάφαινε κατὰ κνέφας· ὄφρα νοήσας
» Ἔσομαι ὁλκὰς Ἔρωτος, ἔχων σέθεν ἀϛέρα λύχνον.
» Καί μιν ὀπιπτεύων οὐκ ὄψομαι δύντα Βοώτην,
» Οὐ θρασὺν Ὠρίωνα, κ̀ ἄβροχον ὁλκὸν Ἁμάξης·
» Πατρίδος ἀντιπόροιο ποτὶ γλυκὺν ὅρμον ἱκοίμην. 215
» Ἀλλά, φίλη, πεφύλαξο βαρυπνείοντας ἀήτας,
» Μή μιν ἀποσβέσασι, κ̀ αὐτίκα θυμὸν ὀλέσσω,
» Λύχνον, ἐμοῦ βιότοιο φαεσφόρον ἡγεμονῆα.

B

» Εἰ ἐτεὸν δ' ἐθέλεις ἐμὸν οὔνομα κỳ σὺ δαῆναι,
» Οὔνομά μοι Λείανδρ@, ἐϋστεφάνε πόσις Ἡρῶς.   220

    Ὡς οἱ μὲν κρυφίοισι γάμοις συνέθεντο μιγῆναι,
Καὶ νυχίην φιλότητα, κỳ ἀγγελίην ὑμεναίων,
Λύχνε μαρτυρίησιν, ἐπιστώσαντο φυλάξειν·
Ἡ μὲν φῶς τανύειν, ὁ δὲ κύματα μακρὰ περῆσαι.
Παννυχίδας δ' ἀνύσαντες ἀκοιμήτων ὑμεναίων,   225
Ἀλλήλων ἀέκοντες ἐνοσφρίσθησαν ἀνάγκῃ,
Ἡ μὲν ἐὸν ποτὶ πύργον, ὁ δ', ὀρφναίην ἀνὰ νύκτα
Μήτι παραπλάζοιτο, βαλὼν σημήϊα πύργε,
Πλῶε βαθυκρήπιδ@ ἐπ' εὐρέα δῆμον Ἀβύδε.
Παννυχίων δ' ὀάρων κρυφίες ποθέοντες ἀέθλες   230
Πολλάκις ἠρήσαντο μολεῖν θαλαμηπόλον ὄρφνην.

    Ἤδη κυανόπεπλ@ ἀνέδραμε νυκτὸς ὀμίχλη,
Ἀνδράσιν ὕπνον ἄγεσα, κỳ οὐ ποθέοντι Λειάνδρῳ·
Ἀλλὰ πολυφλοίσβοιο παρ' ἠϊόνεσσι θαλάσσης
Ἀγγελίην ἀνέμιμνε φαεινομένων ὑμενάων,   235
Μαρτυρίην λύχνοιο πολυκλαύστοιο δοκεύων,

« à l'instant perdre la vie. Tu demandes mon nom;
« je suis Léandre, l'époux de l'adorable Héro. »

Ainsi projetterent-ils une union clandestine et
nocturne; ainsi se jurerent-ils, que, fideles au mes-
sage de l'Hymen, au signal du flambeau, l'une feroit
luire ce fanal, l'autre soudain traverseroit les flots.
Après s'être promis de veiller pour l'Amour, il fal-
lut malgré soi se quitter. Héro rentre dans sa tour;
Léandre, pour ne point s'égarer le soir, en remar-
que les abords, & regagne les murs élevés de l'antique Abyde. Combien de fois, brûlans d'entrer
dans la carriere amoureuse, leurs vœux hâterent-
ils le retour de la nuit?

Enfin étendant son voile ténébreux, elle ap-
porta le sommeil aux hommes, mais non à l'amoureux Léandre. Seul, sur les rivages bruyans de la mer,
attendant le courier de l'Hymen, il cherchoit des
yeux le signal lointain de ses plaisirs, le trop funeste

flambeau. Héro, dès qu'elle voit l'ombre noire chasser la lumiere, allume le fanal : soudain s'embrâse le cœur de l'impatient Léandre; il brûle en même temps que le flambeau. Toutefois, sur la rive, le retentissement des vagues bondissantes l'effraie un instant; mais bientôt, ranimant son audace, il s'excite en s'adressant ces mots à lui-même: « L'amour est terrible, et la mer implacable; « mais la mer n'a que des eaux, et l'amour a des « feux qui me consument. Céde à ces feux, ô mon « cœur, et ne redoute point les eaux. Cours au « plaisir : que crains-tu des flots ? Ignores-tu que « Cypris est la fille des Ondes; elle peut appaiser et « la mer et mon mal ».

Il dit; et, sans plus tarder, dépouillant ses habits, les attache sur sa tête, s'élance du rivage et se plonge dans les flots. Il nage vers le fanal étincelant, et lui-même est son navire, son rameur et ses voiles.

Εὐνῆς τε κρυφίης τηλεσκόπον ἀγγελιώτην.

Ὡς δ᾽ ἴδε κυανέης λιπορεγγέα νυκτὸς ὀμίχλην

Ἡρὼ, λύχνον ἔφαινεν· ἀναπλομένοιο ⸗ λύχνου

Θυμὸν Ἔρως ἔφλεξεν ἐπειγομένοιο Λεάνδρου·   240

Λύχνῳ καιομένῳ συνεκαίετο. Πὰρ ⸗ θαλάσσῃ

Μαινομένων ῥοθίων πολυηχέα βόμβον ἀκούων

Ἔτρεμε μὲν τοπρῶτον, ἔπειτα ⸗, θάρσῶ ἀείρας,

Τοίοισι προσέλεκτο παρηγορέων φρένα μύθοις·

» Δεινὸς Ἔρως, καὶ πόντος ἀμείλιχος· ἀλλὰ θαλάσσης 245

» Ἐϛὶν ὕδωρ, τὸ δ᾽ Ἔρωτῶ ἐμὲ φλέγει ἐνδόμυχον πῦρ.

» Λάζεο πῦρ, κραδίη, μὴ δείδιθι νήχυτον ὕδωρ.

» Δεῦρό μοι εἰς φιλότητα· τί δὴ ῥοθίων ἀλεγίζεις;

» Ἀγνώασεις, ὅτι Κύπρις ἀπόσπορός ἐϛι θαλάσσης,

» Καὶ κρατέει πόντοιο, κ᾽ ἡμετέρων ὀδυνάων;   250

Ὡς εἰπὼν, μελέων ἐρατῶν ἀπεδύσατο πέπλον

Ἀμφοτέρῃς παλάμῃσιν, ἑῷ δ᾽ ἔϛιγξε καρήνῳ,

Ἠϊόνῶ δ᾽ ἐξῶρτο, δέμας δ᾽ ἔῤῥιψε θαλάσσῃ.

Λαμπομένης δ᾽ ἔσπευδεν ἀεὶ κατεναντία λύχνε,

Ἀτὸς ἐὼν ἐρέτης, αὐτόϛολῶ, αὐτόματῶ νῆυς. 255

Ἡρὼ δ᾽ ἠλιβάτοιο φαεσφόρ⊙ ὑψόθι πύργε,
Λευγαλέης ἀύ͞ησιν ὅθεν πνεύσειεν ἀήτης,
Φάρεϊ πολλάκι λύχνον ἐπέσκεπεν, εἰσόκε Σηστῶ
Πολλὰ καμὼν Λείανδ͞⊙ ἔβη ποτὶ ναύλοχον ἀκτήν.
Καί μιν ἑὸν ποτὶ πύργον ἀνήγαγεν· ἐκ δὲ θυράων   260
Νυμφίον ἀσθμαίνοντα περιπλύξασα σιωπῇ,
Ἀκροκόμες ῥαθάμιγγας ἔτι στάζοντα θαλάσης,
Ἤγαγε νυμφοκόμοιο μυχοὺς ἐπὶ παρθενεῶνος,
Καὶ χρόα πάντα κάθηρε, δέμας δ᾽ ἔχριεν ἐλαίῳ
Εὐόδμῳ, ῥοδέῳ, κὴ ἀλίπνοον ἔσβεσεν ὀδμήν.   265
Εἰσέτι δ᾽ ἀσθμαίνοντα βαθυστρώτοις ἐνὶ λέκτροις
Νυμφίον ἀμφιχυθεῖσα φιλήνορας ἴαχε μύθους·

» Νυμφίε, πολλὰ μόγησας ἃ μὴ πάθε νυμφίος ἄλλ⊙·
» Νυμφίε, πολλὰ μόγησας, ἅλιςνύτοι ἁλμυρὸν ὕδωρ,
» Ὀδμή τ᾽ ἰχθυόεσσα βαρυγδύποιο θαλάσης·   270
» Δεῦρο, τεὺς ἱδρῶτας ἐμοῖς ἐνικάτθεο κόλποις.

Ὡς ἡ μὲν ταῦτ᾽ εἶπεν· ὁ δ᾽ αὐτίκα λύσατο μίτρην,
Καὶ θεσμῶν ἐπέβησαν ἀεισνόου Κυθερείης.
Ἦν γάμος, ἀλλ᾽ ἀχόρευτος· ἔην λέχος, ἀλλ᾽ ἄτερ ὕμνων.

Héro, du haut de sa tour élevée, tenant le flambeau, chaque fois que s'élevoit le souffle ennemi des vents le garantissoit de sa robe. Enfin Léandre, après mille efforts, aborde au rivage; elle accourt au-devant de lui, l'amène à la tour hors d'haleine, & dégouttant d'écume; l'embrasse en silence sur le seuil de la porte, et l'introduit dans cette retraite virginale qui s'ouvroit à l'Hymen. Là, elle l'essuie, le parfume d'essences et de roses, chasse l'odeur de la mer, l'entraîne encore tout haletant sur un duvet moëlleux, &, l'enlaçant de ses bras, exprime ainsi sa tendresse:

« Epoux qui viens de souffrir ce que jamais
« époux n'a souffert, assez tu as lutté contre l'on-
« de amere & l'odeur suffoquante des vagues agi-
« tées; oublie dans mon sein tes fatigues ».

Elle dit: Léandre lui délie sa ceinture; le doux mystere de Vénus est accompli. Hymen réel, mais sans pompe; coucher nuptial, mais sans hymnes.

Point d'invocations des Poëtes à Junon : point de flambeaux brillans, ni de danses légeres autour de la couche ; point de pere ni de mere vénérable qui chantât l'Hyménée. Mais le silence, dans cette heure du plaisir, avoit dressé ce lit & préparé cette couche ; l'ombre seule para l'épouse, et la fête se célébra sans concerts. La nuit présida toujours à ces noces ; jamais l'Aurore ne vit Léandre dans ce lit où il entra si souvent. Chaque matin, plus desireux encore que rassasié de plaisirs, il retournoit à la nage dans sa patrie ; et la modeste Héro, fille le jour, femme la nuit, trompoit ainsi ses parents. Que de fois ces amants conjurerent-ils le Soleil de précipiter sa retraite !

Ainsi, forcés à cacher leur amour, ils goûtoient en secret les plaisirs de Vénus ; mais ce temps fût bien court, & ce bonheur mal assuré dura peu. Bientôt la saison glaciale des hivers amène les plus horribles tempêtes : de noirs tourbillons, s'engouf-

Οὐ ζυγίην Ἥρην τις ἐπευφήμησεν ἀοιδός·   275
Οὐ δαίδων ἧρᾳπτε σέλας θαλαμηπόλον εὐνήν·
Οὐδὲ πολυσκάρθμῳ τις ἐπεσκίρτησε χορείῃ·
Οὐχ ὑμέναιον ἄεισε πατὴρ, κỳ πότνια μήτηρ·
Ἀλλὰ λέχ⊚ ϛορέσασα τελεσιγάμοισιν ἐν ὥραις
Σιγῇ παϛὸν ἔπηξεν, ἐνυμφοκόμησε δ' ὁμίχλη·   280
Καὶ γάμ⊚ ἦν ἀπάνευθεν ἀειδομένων ὑμεναίων.
Νὺξ μὲν ἔην κείνοισι γαμοϛόλ⊚, οὐδέ ποτ' Ἠὼς
Νυμφίον εἶδε Λέανδρον ἀειγνώτοις ἐνὶ λέκτροις.
Νήχετο δ'. ἀντιπόροιο πάλιν ποτὶ δῆμον Ἀβύδου
Ἐννυχίων ἀκόρητ⊚ ἔτι πνείων ὑμεναίων·   285
Ἡρὼ δ'. ἑλκεσίπεπλ⊚, ἑοὺς ληθοῦσα τοκῆας,
Παρθέν⊚ ἠματίη, νυχίη γυνή. ἀμφότεροι ἢ
Πολλάκις ἠρήσαντο κατελθέμεν ἐς δύσιν Ἠῶ.

   Ὡς οἱ μὲν φιλότητ⊚ ὑποκλέπτοντες ἀνάγκην
Κρυπταδίῃ τέρποντο μετ' ἀλλήλων κυθερείῃ.   290
Ἀλλ' ὀλίγον ζώεσκον ἐπὶ χρόνον· οὐδ' ἐπὶ δηρὸν
Ἀλλήλων ἀπόναντο πολυπλάγκτων ὑμεναίων.
Ἀλλ' ὅτε παχνήεντ⊚ ἐπήλυθε χείματ⊚ ὥρη,
                                   Β v

Φρικαλέας δονέουσα πολυστροφάλιγγας ἀέλλας,
Γένθεα δ' ἀστήρικτα κỳ ὑγρὰ θέμεθλα θαλάσσης   295
Χειμέριοι πνείοντες ἀεὶ στυφέλιζον ἄνται,
Λαίλαπι μαστίζοντες ὅλην ἅλα. Τυπτομένης ᾗ
Ἤδη νῆα μέλαιναν ἀπέκλασε διχθάδι χέρσῳ
Χειμερίην κỳ ἄπιστον ἀλυσκάζων ἅλα ναύτης.
Ἀλλ' οὐ χειμερίης σε φόβος κατέρυκε θαλάσσης,   300
Καρτερόθυμε Λέανδρε· διακτορίη δέ σε πύργου,
Ἠθάδα σημαίνουσα φαεσφορίην ὑμεναίων,
Μαινομένης ὤτρυνεν ἀφειδήσαντα θαλάσσης,
Νηλειὴς κỳ ἄπιστος. Ὄφελλε ᾗ δύσμορος Ἡρὼ
Χείματος ἱσταμένοιο μένειν ἀπάνευθε Λεάνδρου,   305
Μηκέτ' ἀναπτομένη μινυώριον ἀστέρα λέκτρων.
Ἀλλὰ πόθος κỳ μοῖρα βιήσατο· θελγομένη ᾗ,
Μοιράων ἀνέφαινε κỳ οὐκέτι δαλὸν ἐρώτων.

    Νὺξ ἦν, εὖτε μάλιστα βαρυπνείοντες ἄνται
Χειμερίης πνοιῆσιν ἀκοντίζοντες ἀέλλας,   310
Ἀθρόον ἐμπίπτουσιν ἐπὶ ῥηγμῖνι θαλάσσης·
Δὴ τότε Λείανδρός περ, ἐθήμονος ἐλπίδι νύμφης,

frant au fond des mobiles abîmes, ébranlent les humides fondements de la mer. Déja, redoutant l’orageux et perfide élément, le nocher, dans l’un et l’autre port, a retiré (1) son vaisseau. Léandre seul, l’audacieux Léandre n’est point arrêté par l’orage; et l’impitoyable, le funeste fanal, qui, du haut de la tour, lui donne le signal accoutumé du plaisir, l’excite à braver les flots courroucés. Mais toi, malheureuse Héro, ne devois-tu pas, à l’approche des hivers, te priver de Léandre, et ne plus faire luire cet astre passager de l’Hymen. Hélas ! le destin et l’Amour en ont ordonné. Un charme fatal t’entraîne, et tu montres à ton amant le flambeau, non plus de l’amour, mais de la mort.

Il étoit nuit, tems où les vents plus fougueux, par leur souffle orageux excitant la tourmente, fondent tous ensemble sur les rives du détroit. Toutes fois Léandre, brûlant de revoir son épouse, s’é-

____

(1) Les Commentateurs, au v. 298, lisent ἀνέλκυσε.

lance sur le dos bruyant de la mer. Déja les flots s'accumulent, et les eaux s'amoncelent : les vagues s'élevent aux nues ; les vents se combattent et résonnent de toutes parts ; Zéphyre gronde contre Eurus, et Borée menace Notus avec d'affreux sifflements ; un bruit épouvantable retentit sur les ondes.

Dans cette cruelle tempête, l'infortuné Léandre, tantôt invoque la Déesse née au sein de l'onde, où le Dieu même de l'humide élément ; tantôt rappelle à Borée sa charmante Orythie ; mais les Dieux sont sourds : l'Amour n'a pu fléchir les Parques. Battu des flots qui l'assaillent de toutes parts, il erre à leur gré. Bientôt ses jambes se lassent, & ses bras fatigués refusent de se mouvoir. L'onde impétueuse entre dans sa bouche, il boit à longs traits d'amer et funeste breuvage : enfin le vent cruel éteint l'infidèle fanal, et Léandre perd à la fois son amour & la vie.

Héro, dans l'attente, l'œil toujours ouvert,

Δυσκελάδων πεφόρητο θαλασσάων ἐπὶ νώτων.

Ἤδη κύματι κῦμα κυλίνδετο, σύνθετο δ' ὕδωρ·

Αἰθέρι μίσγετο πόντος· ἀνέγρετο πάντοθεν ἠχὴ   315

Μαρναμένων ἀνέμων· Ζεφύρῳ δ' ἀντέπνεεν Εὖρος·

Καὶ Νότος ἐς Βορέην μεγάλας ἀφέηκεν ἀπειλάς·

Καὶ κτύπος ἦν ἀλίαστος ἐρισμαραγοῖο θαλάσσης.

   Αἰνοπαθὴς δὲ Λέανδρος, ἀκηλήτοις ἐνὶ δίναις,

Πολλάκι μὲν λιτάνευσε θαλασσαίην Ἀφροδίτην,   320

Πολλάκι δ' αὐτὸν ἄνακτα Ποσειδάωνα θαλάσσης·

Ἀτθίδος οὐ Βορέην ἀμνήμονα κάλλιπε νύμφης·

Ἀλλά οἱ οὔτις ἄρηγεν, Ἔρως δ' οὐκ ἤκεσε μοίρας.

Πάντοθι δ' ἀγρομένοιο δυσαντέϊ κύματος ὁρμῇ

Τυπτόμενος πεφόρητο. Ποδῶν δέ οἱ ὤκλασεν ὁρμή,   325

Καὶ σθένος ἦν ἀδόνητον ἀκοιμήτων παλαμάων.

Πολλὴ δ' αὐτόματος χύσις ὕδατος ἔρρεε λαιμῷ,

Καὶ ποτὸν ἀχρήϊον ἀμαιμακέτε πίεν ἅλμης·

Καὶ δὴ λύχνον ἄπιστον ἀπέσβεσε πικρὸς ἀήτης,

Καὶ ψυχὴν καὶ ἔρωτα πολυτλήτοιο Λεάνδρου.   330

   Ἡ δ', ἔτι δηθύνοντος, ἐπ' ἀγρύπνοισιν ὀπωπαῖς

Ἵςατο κυμαίνυσα πολυκλαύςοισι μερίμναις.

Ἤλυϑε δ' ἠριγένεια, καὶ οὐκ ἴδε νυμφίον Ἡρώ·

Πάντοϑι δ' ὄμμα τίταινεν ἐπ' εὑρέα νῶτα ϑαλάσσης,

Εἴπου ἐσαϑρήσειεν ἀλώμενον ὃν παρακοίτην   335

Λύχνου σβεννυμένοιο. Παρὰ κρηπῖδα ᾗ πύργου

Θρυπτόμενον σπιλάδεσσιν ὅτ' ἔδρακε νεκρὸν ἀκοίτην,

Δαιδαλέον ῥήξασα περὶ ςήϑεσι χιτῶνα,

Ῥοιζηδὸν προκάρηνⓈ ἀπ' ἠλιβάτου πέσε πύργου.

  Καδδ' Ἡρὼ τέϑνηκεν ἐπ' ὀλλυμένῳ παρακοίτῃ, 340

Ἀλλήλων δ' ἀπόναντο χ ἐν πυμάτῳ περ ὀλέϑρῳ.

ΤΕΛΟΣ.

repassoit en son cœur mille pensées accablantes. Le jour vient, et son amant n'a point paru : elle promène ses regards sur le vaste dos de la mer, croyant que peut-être, le fanal éteint, il s'eft égaré; elle le voit au bas de sa demeure tout déchiré par les rocs. A cet aspect, elle arrache le voile délicat qui couvre son sein, et se précipite du haut de la tour.

Ainsi mourut Héro sur le corps de son amant, et le trépas même ne put les séparer.

FIN.

IMITATIONS

De quelques vers du Poëme de M U S É E qui se trouvent
dans le Poëme de P H R O S I N E & M É L I D O R E,
de M. B E R N A R D.

V. 14 $\mathbf{M}$ USE plaintive, ...
   Donne à ma voix l'accent de la douleur,
   Toi qui chantois Léandre et son trépas.

V. 16 Près des écueils de Charybde et de Scylle,
   Paroît Messine aux rives de Sicile.

   . . . .

   Ses vrais trésors étoient deux cœurs fideles.
   Là Mélidore avoit reçu des cieux
   Des biens sans nom, des vertus sans aïeux ;
   Là, dans le sein d'une illustre famille,
   Des Faventins on voit briller la fille.

V. 27 Toi, qui chantois Léandre et son trépas,
   Sur ce rivage où l'Amour pleure encore.

V. 42 Ce fut aux jeux qu'on célébroit au poët,

Qu'Amour en eux montra ce doux rapport.
Mille beautés, dans ces fêtes brillantes,
Voguoient en mer sur des barques galantes.

V. 55-66 Peindrois-je, ô Dieux, sa grace et ses attraits.
     Que l'art fécond forme les plus beaux traits,
     Qu'il embellisse, exagere, imagine,
     Il rend Vénus, et ne rend pas Phrosine.
     Son ame étoit le pur souffle des Dieux;
     Un doux rayon éclatoit dans ses yeux;
     Son âge heureux sortoit de son aurore,
     C'étoit le teint & la taille de Flore,
     C'étoit d'Hebé le sourire vainqueur,
     Et cette voix l'écho touchant du cœur.

V. 101--109 De leurs regards partit un double éclair,
     Pareil à ceux qui se croisent dans l'air.
     Rapide élan, tendre accord, bien suprême,
     Moment d'extase où l'on plaît comme on aime.
     . . . .
     Sans se parler, leurs regards s'entendirent.
     De leurs transports, leurs ames s'applaudirent.
     Tout le progrès, tout l'effet que produit
     Le cours du temps, d'un instant fut le fruit:

Le tendre aveu de leur commune atteinte
Fait sans détour, fut écouté sans feinte.

V. 203--215 L'art et l'Amour m'ont soumis cet abîme.
Je franchirai cet obstacle odieux.
Demain, quand l'ombre aura voilé les cieux,
Sur le sommet de ton rocher aride,
Fais voir au loin un fanal qui me guide,
J'en ai connu les entours et l'abord.
Veille sans crainte, attends-moi sur le bord,
Et tu verras sur la rive écumante,
Seule à la nage aborder ton amante.
L'espoir, l'amour, son astre et les zéphyrs
Me conduiront au port de mes plaisirs.

V. 230 Sur l'autre bord, l'amante qu'il adore,
De tous ses vœux fatiguant les zéphyrs,
Pressoit la nuit d'avancer ses plaisirs.

V. 234 Déja dans l'onde achevant sa carriere,
L'astre brillant éteignoit sa lumiere:
Quand sur ces mers, Phrosine ouvre les yeux,
Pour voir un astre encor plus radieux.
L'air étoit calme, et la vague tranquille

Applanissoit sa surface mobile;
Sur l'horizon la lune en renaissant
Bornoit son orbe au feu de son croissant.
D'autres clartés ne brilloient pas encore.
Déja Phrosine accusoit Mélidore,
Lorsqu'un rayon de l'amoureux fanal
De son bonheur lui montra le signal.

V. 251   Sa main dépouille aussitôt sa parure,
Et l'art banni rend tout à la nature.

V. 308 . . . . . . De ce flambeau fatal
Qui doit servir de perfide signal.

. . . .

Fuis ce rayon, c'est l'astre de la mort.

V. 325   Trop de frayeur, de fatigue et d'efforts
Avoient, hélas! épuisé ses ressorts.

V. 331--341   Il tient en vain, dans cette nuit cruelle,
Ses yeux ouverts, ses fanaux allumés;
Il a perdu les vœux qu'il a formés.
L'isle d'Amour n'a pas vu sa Déesse:
Mille soupçons alarment sa tendresse,
Il va s'en plaindre au fatal élément;

Il en approche. O frayeur d'un amant !
Ma main frissonne à tracer cette image.
Il voit flotter un corps près du rivage.
L'effroi, l'Amour, précipitent ses pas
Vers ce jouet de l'onde et du trépas.
Quel coup de foudre ! ô ciel ! c'est son amante,
Qu'à ses pieds roule une vague écumante.
C'est elle. . . . Il tombe immobile, éperdu,
Sur cet objet, dans le sable étendu. . . . .
Tout est glacé, la Parque est assouvie. . . . .
Près d'expirer, le dernier de ses vœux
Est qu'un tombeau les unisse tous deux.
Pour couronner cette union fidele,
De sa ceinture il s'enchaîne avec elle.
La mort ainsi ne peut m'en arracher.
Il dit, s'élance, et tombe du rocher.
L'onde engloutit sa proie infortunée,
Qui reparut vers Messine étonnée ;
Où l'on grava tous ces événements
Sur un tombeau commun à ces amants.

F I N.

www.ingramcontent.com/pod-product-compliance
Lightning Source LLC
LaVergne TN
LVHW011349170726
843501LV00006B/1742